... e eu lá preciso de razão pra fazer alguma coisa?

Emília, de Monteiro Lobato *

---

* Quer dizer... se ela não disse isso em livro nenhum, devia ter dito!

A MÚMIA QUE DANÇAVA ROCK'N'ROLL
E OUTRAS HISTÓRIAS

Diretoria editorial
SONIA JUNQUEIRA
Editoria executiva
ANNA LÚCIA C. BAPTISTA
Assistência editorial
CLAÚDIA BATISTA DE ANDRADE
Secretaria editorial
SONIA MARCIA CORRÊA
Editoria de arte
NORMA SOFIA (Coordenação)
JOSÉ AUGUSTO BARROS
Editoração eletrônica
FÁBRÍCIO J. CARDOSO CUNHA
LUCAS SANTOS JUNQUEIRA
MARCONE M. LOPES LEMOS
Produção gráfica
PAULO ROBERTO DE AQUINO

Proposta de atividades
RONALDO ANTONELLI
Revisão
DENISE DE MEIRA VALLE
ELZIRA DIVINA PERPÉTUA
MARGARET PRESSER (Revisão final)

Fotolitos
POLICROM

Direitos reservados à
SARAIVA S.A. Livreiros Editores
Rua Henrique Schaumann, 270 — Pinheiros
05413-010 — São Paulo — SP
PABX: (0xx11) 3613-3000
www.editorasaraiva.com.br

Atendimento ao professor: 0800-0117875
falecom@formatoeditorial.com.br

Visite nosso *site*
www.formatoeditorial.com.br

SUMÁRIO

A múmia que dançava rock'n'roll

Quando anunciaram na escola que, na semana seguinte, a turma faria uma visita ao museu arqueológico, todo mundo ficou animado. Tinham mil histórias na cabeça. Queriam ver estatuetas de deuses esquecidos, múmias assombradas, urnas com símbolos lançando maldições em quem as desenterrasse de suas tumbas.

E, quem sabe, ficando de olho bem aberto, desvendassem um desses segredos antigos que levam a descobrir civilizações perdidas e tesouros?

Só que a escola contratou um guia com cara de aipim para conduzir a visita. Durão e chato. Ia parando em cada vitrine do museu, não deixando ninguém chegar perto, nem pegar em nada. E falava, falava... A data em que cada coisa havia sido achada, a idade dela, quem havia encontrado, pesos e medidas.

História mesmo, de arrepiar e deixar com vontade de saber mais, ele não sabia contar. Assim, já iam duas horas que a garotada estava no museu. Em nome da turma toda, Gilberto soltava enormes bocejos. O guia fingia que não escutava e ia seguindo.

Foi assim até que chegaram à sala das múmias. Quer dizer... Chegaram só na entrada. A porta estava fechada, com um cartaz avisando: "visitas suspensas".

Todo mundo ficou superdecepcionado. Se alguma coisa ainda podia salvar aquela visita, seria ver as múmias – e talvez ter a sorte de uma delas resolver ressuscitar bem ali na hora.

– Não vale! – berrou Gilberto. – A gente quer entrar!

A turma começou uma grande vaia. O guia dava chiliques, exigindo que a criançada se comportasse, ameaçando ir se queixar à diretora da escola e coisa e tal... Pra quê? Só fez aumentar a vaia. Tanto que o superintendente do museu resolveu aparecer para dar explicações:

– Sinto muito, garotada! É que... a sala está em obras, compreendem?

– Em obras? – insistiu Gilberto. – Quer dizer que vocês estão deixando as múmias aí dentro tomando poeira, enquanto quebram paredes?... Ou será que elas estão levando é respingo de tinta?

– Não! – emendou o superintendente, já bastante nervoso. – Elas estão fechadas nos sarcófagos... E os sarcófagos estão embrulhados! É isso!

Por alguma razão, Gilberto desconfiou do tal superintendente. Ele suava, os cantos da boca tremiam enquanto falava. Ali tinha coisa... Só que o guia, para acalmar a situação, anunciou a hora do lanche.

– Com sorvete de graça! Cortesia do museu! – apressou-se a completar o superintendente.

Foi aquela correria. Só Gilberto continuou cismado. Ainda mais com a cara de alívio do superintendente, depois que a garotada foi se afastando da sala das múmias.

Na lanchonete, Gilberto teve uma surpresa. Encontrou o Bocudo, com uma enorme de uma vassoura na mão. O Bocudo morava na vila, na parte baixa da rua do Gilberto. Eram amigos de peladas e outras confusões.

Bocudo não estudava mais. Andava meio sumido, ultimamente. Gilberto tinha mesmo ouvido falar que ele arranjara um emprego. E lá estava ele, de faxineiro no museu, com os fones do *walkman*, que não largava nunca, nos ouvidos.

– Puxa, Bocudo! Você tá trabalhando aqui?

– E aí, Gil! Pois é! O serviço até que é legal. Comida de graça, vale-transporte e tudo em cima. Pego o último turno, depois que o museu fecha, pra fazer a limpeza. Dá até pra botar meu som a toda, enquanto vou passando o esfregão. As paredes desse negócio aqui dão a maior percussão, cara!

– Mas se você pega à noite, o que é que está fazendo aqui agora?

– Chiii! Não devia nem falar...

– Aí, Bocudo! Somos amigos, né?

– É que andaram acontecendo umas coisas... Bem... mas eu não vi nada!

– Conta!

– Esta semana, só os guardas tão ficando aqui à noite. Mas eles também estão assustados! Foi que... nossa!

– É coisa com as múmias, certo?

– Como é que você sabe? Bem... falo com você lá na rua, tá? Agora, tenho que trabalhar!

Resumindo a história: estava o Bocudo, numa noite daquelas, esfregando o assoalho do museu, com o *walkman* ligado a toda, sem os fones. De repente, lá da sala das múmias, veio uma gritaria danada. Era um dos vigias, apavorado. Num instante, criou-se a maior confusão. Todos os vigias, de arma na mão, correram para lá.

Não deixaram o Bocudo entrar. Mas o vigia que gritou foi trazido para fora, carregado pelos outros e choramingando:

– Eu vi! Juro que eu vi!

Na noite seguinte, outro corre-corre, quase na mesma hora. Dessa vez, tinham deixado três vigias de guarda na tal sala das múmias. Justamente os três mais fortões, uns armários. E o Bocudo só viu os caras depois, já sendo postos na ambulância, brancos que nem lençol, tremendo, sem conseguir dizer nada.

Depois disso, a tal sala das múmias foi fechada. E o Bocudo foi transferido para o turno da tarde.

– É só o que eu sei! Juro! Parece que não aconteceu mais nada mesmo, senão eu tinha ouvido falar.

Gilberto ficou muito ligado na história do Bocudo. Tanto que voltou ao museu, uns dias depois, na hora em que o amigo estava trabalhando. Não havia outras visitas, naquela tarde.

Foi encontrar o Bocudo em frente do salão das múmias. A porta continuava fechada, com o mesmo aviso pendurado. E o

Bocudo estava justamente com o olho pregado na fechadura, tentando ver alguma coisa, lá dentro.

– E aí? – falou o Gilberto, bem junto do amigo, dando um tapa nas costas dele.

O Bocudo levou um susto tão grande, que pulou no ar, se esborrachando direto contra a porta, que se abriu.

– Você quer me matar? – gritou o Bocudo, com raiva.

Mas Gilberto já estava vidrado naquela porta aberta. Só então o Bocudo reparou:

– Chiii! Esqueceram de trancar! – Bocudo desligou o *walkman* e retirou os fones dos ouvidos, pra poder escutar o amigo.

– Quem esqueceu?

– O superintendente e uns caras esquisitos... uns gringos que acabaram de sair pra almoçar! Estiveram aí dentro a manhã toda!

– Então? Vamos aproveitar?

– Tá ficando louco? Posso perder meu emprego... sem falar que eu não transo assombração! Os vigias estão comentando que tem uma múmia aí dentro que sai do caixão e anda.

– Não é caixão, bobo! É sarcófago!

– Não tô nem aí pro nome. Disseram também que já fizeram tudo que é exame e teste nela, mas que não deu nada. Parece uma múmia comum... mortinha e mofada! Mas, de repente, dá a louca e anda! E se ela aprontar uma dessa com a gente lá dentro?

Foi o Bocudo falar isso e os olhinhos do Gilberto brilharam mais ainda. Ele puxou o amigo para dentro do salão e encostou a porta, atrás deles. Bocudo parecia que calçava blocos de cimento: Gilberto tinha quase que carregá-lo.

Era um salão enorme, com vários objetos, estatuetas... E quatro sarcófagos, bem no fundo.

– Qual delas é a múmia assassina?

– Sai pra lá, ô cara! Eu é que não sei!

Os sarcófagos estavam abertos. Um deles, entretanto, era menor. E os desenhos da máscara mortuária que cobria o rosto da múmia tinham algo bem feminino...

– Ei! Essa aí é uma garota! Aposto que é ela que sai andando! – disse Gilberto, animado.

Já o Bocudo pulou para trás do amigo, um pé pronto para bater em retirada.

– Não adianta! Ela não está nem aí... Tem milhares de anos que está dormindo e nem pisca! Que preguiça, hein?

– Não fala assim, ô Gilberto! Vamos dar o fora que tem uma coisa qualquer me arrepiando.

Bem devagarzinho, os garotos foram recuando até a porta. Já mais despreocupado, Bocudo ligou seu *walkman* de novo. Estava a toda altura. O *rock* pauleira encheu a sala...

– Baixa isso, ô cara! – ralhou Gilberto...

De repente, Gilberto sentiu um friozinho espetando suas costelas. Os dois ficaram paralisados, o *rock* tocando e ele e o Bocudo não conseguindo mover nem um dedo... Tinham escutado um rangido bem atrás deles. E uns passos abafados... Viraram-se devagar, quase nem querendo ver, e soltaram um tremendo grito.

A múmia estava a três metros deles, se balançando toda no ritmo da música.

Os dois garotos caíram para trás. Aquela barulhada, mais

o grito deles, atraiu os vigias do museu, o superintendente e os cientistas estrangeiros. Só que ficaram todos do lado de fora, berrando que nem doidos, ninguém querendo entrar.

Lá dentro, a múmia da moça egípcia veio chegando perto, até inclinar-se junto dos garotos congelados de terror...

– Será que ela vai estrangular a gente? – cochichou Bocudo, fechando os olhos.

– Acho... acho que ela quer seu *walkman*!

E era. A múmia pegou o *walkman* do Bocudo e saiu dançando pelo salão. Gilberto respirou fundo e conseguiu enfim raciocinar:

– Tá vendo, ô malandrão! Foi você que acordou a múmia, com esse seu som! Foi depois que você veio trabalhar aqui, e ficava com o *walkman* ligado alto, sem os fones, que ela inventou de dar voltinhas...

– Minha nossa! Então eu estraguei o bicho! Múmia que dança não é múmia! Vou ser despedido, não é?

Finalmente, os vigias, o superintendente e os cientistas tomaram coragem para entrar. Um empurrava o outro, ninguém queria ir na frente. Nem repararam nos meninos, encolhidos num canto. Ficaram trocando exclamações de espanto, vidrados na dança da múmia, até que Gilberto resolveu se mostrar:

– E aí? Ela até que dá uns passinhos legais, né? É só trocar essas bandagens por um saiote que vai ser o maior sucesso!

O superintendente virou-se para Gilberto, surpreso de vê-lo ali. Mas já não adiantava tentar proteger o segredo...

– Você não sabe o que está acontecendo, menino. O sarcófago tem uma inscrição que diz que a Princesa Guifertitis...

– A gatinha ali?

– A própria... Dizem os hieróglifos que ela ressuscitaria no dia em que a música dos deuses tornasse a alcançá-la. Nunca demos atenção a isso. Todo sarcófago tem dessas profecias escritas. Só que, desta vez...

– Desta vez é pra valer! E o que que vocês vão fazer? Chamar a tevê?

O superintendente e os cientistas estavam confusos. A múmia dançava solta pelo salão, sem se importar com a plateia. Não ameaçava ninguém... mas também não dava o menor sinal de querer voltar para o sarcófago.

– É... isso vai ser um problema! O que é que vamos fazer?

– Como assim? – protestou um dos cientistas, com um sotaque carregado. – É a maior descoberta arqueológica do século! Uma múmia que volta à vida... Pense no que ela vai poder nos contar sobre a civilização egípcia.

– Isso, se ela falar... Parece que só quer saber de dançar! Não... Vão dizer que é uma falsa múmia... Uma farsa! Nossa carreira será destruída! Ninguém vai acreditar nessa loucura!

– É verdade... – concordou, desconsolado, o cientista.

Um segundo depois, eles se voltaram para os dois garotos, com um brilho estranho nos olhos. Gilberto tremeu na base. Teve mais medo do que quando viu a múmia voltar à vida...

– Vocês não vão contar nada pra ninguém, entenderam, garotos?

– E... – gaguejou Gilberto. – O que vocês vão fazer com a múmia?

– Bem... ela... ela vai ser transportada para algum laboratório, onde vai poder ser estudada. Só não queremos publicidade!

– Mas e se ela agora quiser dar uns giros aí pelo mundo? Sabe... tem um bocado de outras bandas, além das que ela já ouviu tocar!

No que escutou isso, a múmia avançou sobre os cientistas e o superintendente. Os vigias engatilharam suas armas. Foi tiro para tudo que é lado, mas não adiantou. Gilberto e Bocudo pularam para debaixo de um balcão e só viram a múmia passar entre os caras, dando pancada pra todo lado, jogando eles para o alto.

O superintendente, que era bem gordinho, caiu por cima dos cientistas. Os vigias ficaram desacordados – haviam levado o pior da bordoada. A múmia foi saindo na direção dos corredores.

– Ei! Pelo menos devolve meu *walkman*! – gritou o Bocudo. – Desempregado e sem som portátil! Que azar!

Não adiantou o protesto do garoto. Ainda ouviram a música ir tocando lá longe, até desaparecer.

Nunca mais ninguém ouviu falar da tal múmia.

Quer dizer, mais ou menos... Uns meses depois, Gilberto estava num show de *rock*, com sua turma. Era uma banda genial, superfamosa. Tinha gente à beça, todo mundo na maior animação.

De repente, Gilberto reparou numa garota, um pouco mais velha, bem a sua frente. Era linda de derreter até poste... E como dançava! Foi chamando a atenção, chamando a atenção... Logo, todos os garotos estavam babando por ela... E a garota, nem aí.

Ela não era só bonita. Era diferente... Uma coisa doida! Gilberto não parava de olhar para ela. Ficava repetindo...

– Tem alguma coisa nessa garota... mas o quê? O quê?

Aí, ela olhou para trás. Os garotos, que já tinham perdido a esperança, se espicharam, tentando parecer mais altos. Mas ela olhou direto para Gilberto. Soltou um sorriso lindo, deu uma piscada e mandou um beijinho para ele, como se o conhecesse. Depois, voltou a dançar.

Gilberto sentiu nas costelas uma espetada gelada muito familiar... Certeza não podia ter. Mas tinha uma coisa no jeito de ela dançar que lembrava... Tinha, sim.

– Como é que pode? Não pode... Mas é! Tem que ser!

– Aí, hein, Gilberto! – cutucou um amigo. – Não vai chegar junto da gatinha?

– Eu? Só doido! – gritou o garoto, assustado.

Os amigos ficaram espantados. Como é que ia dispensar um mole desses? Um e outro até debocharam.

– Deixa pra lá! – disse Gilberto consigo mesmo. – Não vou nem tentar explicar... Eu, hein?

Quando olhou de novo, a garota havia sumido de repente, como se tivesse evaporado, diante de todo mundo...

A árvore dos mil feitiços

Todos os encantos do mundo das trevas foram usados para proteger os caminhos que levariam ao coração daquela floresta. Só as bruxas e os bruxos, chamados para a Cerimônia do Milênio, seriam capazes de segui-los.

A eles era dado escutar as batidas do tambor, feito do estômago de uma tartaruga que assistiu à primeira lua cheia do mundo. Um humano simplesmente não veria os caminhos encantados. Para ele, seria como se as trilhas se recusassem a existir – aquelas mesmas trilhas que os seres mágicos usavam desde o princípio da memória dos tempos, uma vez a cada mil anos.

Era a cerimônia mais secreta dos bruxos, realizada sempre naquela floresta antiga, com árvores de muitos tentáculos, todas elas muito antigas, também. E a mãe de todas essas árvores, à sombra da qual a Cerimônia aconteceria, erguia-se justamente no centro da floresta. Suas raízes se espalhavam generosas por um raio de quase duzentos metros, criavam abrigos nos quais bruxas e bruxos se recolhiam, invocando seus demônios, concentrando poderes para o início da Cerimônia.

Era uma árvore sagrada para os bruxos. Madrinha de muitos deles. Pediam sua ajuda, nos momentos de aperto. Contavam histórias... Que a árvore teria sido a Bruxa-Mãe, que gerou toda a sua raça, em tempos perdidos... Que o ser mágico que tivesse suas cinzas fúnebres espalhadas na terra junto às raízes dela renasceria... Que sua seiva era a fonte de toda a magia.

Chegar junto daquela árvore trazia, para a maioria dos bruxos, um sentimento de proteção. Naquela floresta, estariam a salvo de qualquer perseguição; junto da árvore, teriam seus poderes renovados. Mas, dessa vez, havia no ar algo assustador até mesmo para as criaturas fantásticas. Era uma palavra que ninguém ainda pronunciara, mas que surgira, flamejante, nas pedras atiradas por quem tentara prever os rumos da Cerimônia: *SACRIFÍCIO*.

Alguém seria sacrificado para conjurar um grande feitiço. Qual deles? Talvez o mais fraco... Isso tornava, para cada um, ainda mais frenéticos os preparativos.

Quanto ao que se queria conseguir, nem seria necessário jogar as pedras para adivinhar...

O Mago dos Magos estava sumido havia séculos. Desaparecera de repente, talvez tragado por seus próprios encantos, talvez raptado por entidades de outra dimensão... E ele precisava ser encontrado. A isso se consagraria a Cerimônia.

Era a primeira cerimônia de que Rywa participava. Tornara-se bruxa havia coisa de um século, quando o brilho de um cometa despertara seus poderes – era então pouco mais do que uma menina. Vagara pelas cidades, por muito tempo, zonza, totalmente perdida.

Era comum isso acontecer. Em sua mente, ressoavam os gritos de uma bruxa queimada na fogueira. E o sofrimento de outra, muito jovem, como ela, mas que fora aos poucos perdendo os poderes e sendo consumida, por ter se apaixonado por um humano. Foram suas vidas passadas. Rywa era a reencarnação de toda uma linhagem de bruxas. E custara um pouco até conseguir se situar novamente no mundo, depois que sua memória mágica foi reavivada pelo cometa.

Aos poucos, foi se encontrando consigo mesma. Quando, no meio de um deserto, dividindo com serpentes venenosas um mesmo ninho, para aprender segredos da terra, escutou as batidas do tambor, soube imediatamente para que estava sendo chamada e para onde se dirigir.

Viajou carregada pelos uivos da escuridão até a floresta. Seguiu a trilha, que se abriu aos seus olhos, e chegou à árvore, que só conhecera em sonhos. Alisou suas raízes enrugadas... sentiu suas vibrações. Teve certeza de que cinzas depositadas ali havia séculos e já dissolvidas no solo a reconheciam...

– Ó mãe de todas as árvores! Tua seiva ainda corre em cada broto que rompe da terra. E corre em mim, em minha grande mágica, a magia de viver!

Era a primeira vez, também, desde que seus poderes foram despertados, que a imensa solidão que tanto a machucava recebia algum consolo. Pensou nos dias e nas noites em que precisou desesperadamente de alguém com quem trocar o que lhe acontecia. Pensou nas vezes em que quis, mais do que tudo, alguém para contar as coisas que ia descobrindo sobre si mesma e o mundo...

Entretanto, a doçura daquele momento foi subitamente cortada. Um pressentimento, uma dor aguda fulminou Rywa, que caiu para trás, com um grito. A árvore sofria... Os outros bruxos, em volta, se espantaram. Mas, em vez de socorrer Rywa, se afastaram sobressaltados. A jovem bruxa conseguiu se erguer, finalmente, muito ofegante e sentindo seu útero pulsar ainda, com a dor, aparentemente sem motivo.

Formaram-se rodas de bruxos, comentando o ocorrido. Evitavam cruzar os olhos com Rywa. Demonstravam medo...

– Como faziam os humanos, quando eu ainda insistia em revelar a eles meus poderes... – conformou-se Rywa.

O tambor acelerou sua batida. Uma chama verde-arroxeada brotou do solo. Em torno dela, os bruxos e bruxas se sentaram. E da chama surgiu uma feiticeira quase transparente, de tão envelhecida. Com sua voz rouca, anunciou o início da Cerimônia.

A bruxa falava numa língua estranha. Poucos compreendiam as palavras, mas o significado surgia em seus pensamentos. Rajadas místicas começaram a se desprender dos recantos em volta. Tantos entes mágicos reunidos causavam fenômenos na fronteira entre a natureza e o absurdo. Era a apreensão deles que se descarregava no ar.

A premonição que viera gravada a fogo nas pedras videntes estava enfim declarada. Seria a Cerimônia do Sacrifício. Muitos dos presentes voltaram-se para Rywa. Ela era jovem, seus poderes ainda não haviam se desenvolvido inteiramente. E entendiam que a árvore sagrada a havia rejeitado...

– Enganam-se... – proclamou, entretanto, a bruxa mais velha – os que previram que a vítima seria um de nós. E, no entanto, será mais doloroso do que se assim fosse. Será um grande sacrifício... Os sinais mágicos foram revelados aos mais antigos. Sofremos muito quando os deciframos. Mas eles são claros demais...

Rywa sentiu novamente seu útero se contrair numa dor intensa, como se nele estivesse sendo revivida a agonia de suas outras vidas, martirizadas. Já sabia o que a velha bruxa iria dizer. E já se erguia no ar, irradiando dezenas de fagulhas, num grito horrorizado...

– Os sinais determinam... A árvore sagrada trará o Mago dos Magos de volta! Ela é quem deve ser sacrificada!

– Não! – berrou Rywa.

A velha bruxa voltou-se para ela, por um breve instante. A chama verde-arroxeada desprendeu uma chicotada que alcançou Rywa, derrubando-a. Os outros bruxos entreolhavam-se. Alguns sentiram até mesmo certo alívio – então, nenhum deles seria a vítima. Rywa se contorcia no solo, balbuciando:

– Não... Não... Não...

A velha bruxa fez um gesto no ar. À sua frente, flutuando, surgiu um punhal de ouro.

– Nosso mestre se foi. Não sabemos o que lhe aconteceu. Mas os sinais anunciam que sua volta depende de um grande sacrifício. Com seu retorno, irá se abrir outra era mágica no mundo.

As bruxas sairão dos seus esconderijos. Não serão mais odiadas nem perseguidas. E os sinais dizem que o Mago dos Magos há de ressurgir da seiva derramada da árvore sagrada. Será necessário apenas um golpe deste punhal encantado. Agora... Quem irá cravá-lo no coração da árvore, como nos ordenam fazer os sinais?

Quase ao mesmo tempo, todos os bruxos e bruxas emitiram um engasgo assustado. Alguns recuaram, abaixaram a cabeça...

– Só a jovem bruxa ousou protestar! – rugiu a velha indignada, apontando para Rywa, que recobrava os movimentos. – E vocês, que aceitaram o sacrifíco? Falta coragem para fazer o que concordaram que deve ser feito? Será, então, aquele que cravar o punhal no tronco sagrado mais assassino do que os outros? Por quê?

Rywa escutava a árvore gemer. Como se seu corpo estivesse possuído por ela. Sentia as contrações e a dor que a árvore sentia. Erguendo-se, então, estendeu a mão para o punhal.

– Você? – indagou a velha bruxa, espantada.

– Não posso salvá-la... – declarou a moça, apenas, agarrando o cabo da lâmina.

O punhal gotejava lágrimas douradas, enquanto Rywa avançava para a árvore. Uma aura avermelhada e úmida formou-se em torno da jovem. Rywa se deteve, fechou os olhos...

Em sua mente, muitas vozes ecoavam. Não eram apenas suas vidas anteriores. Uma multidão inacreditável de fantasmas lhe transmitia apoio. Rywa estremeceu. Os gemidos da árvore, em sua mente, pareciam abençoá-la. De repente, ela sorriu... E captou o que todas aquelas vozes lhe diziam.

E desceu o punhal, com um grito, como se sua carne estivesse sendo aberta. Mas, para espanto de todos, não cravou a lâmina, numa estocada aguda. Em vez disso, rasgou o baixo-ventre da árvore, com um corte longo, horizontal.

A ferida aberta na árvore emitiu um potente golpe de luz. Todos os bruxos foram lançados ao ar. Começaram a tremer, como se as veias dos seus corpos estivessem para explodir. Rajadas descontroladas partiam da ponta dos seus dedos e cabelos. Com muito esforço, a velha bruxa conseguiu flutuar para junto de Rywa e murmurou...

– Os sinais... Nós interpretamos errado os sinais!

O corte no tronco da árvore se alargava, transformando-se em fenda, de onde a seiva jorrava abundantemente. O forte odor de vida fresca se desprendeu daquela seiva, que começou a borbulhar e, em contato com a terra, tomar a forma de um corpo...

– O Mago dos Magos! – e Rywa caiu de joelhos, ainda possuída pelas rajadas místicas.

O Mago dos Magos retornou ao mundo com o corpo de um jovem de cabelos negros como a noite dos desertos e os olhos carregados de um feitiço que pegou Rywa em cheio.

Aos poucos, os bruxos foram se recuperando. O Mago olhava para todos, ainda confuso. E fitava Rywa... Mas ela desviou o rosto, envergonhada. Mesmo assim, ele lhe estendeu a mão, como a pedir ajuda...

– Parece que o Mago dos Magos já escolheu quem vai cuidar dele, até que sua memória mágica desperte! – proclamou a velha bruxa. – Está encerrada a Cerimônia deste milênio!

A fenda no tronco da árvore se fechara. Mas a cicatriz ficaria para sempre, como lembrança do sacrifício que representava dar à luz. Rywa cobriu o Mago dos Magos com uma manta. O rapaz não conseguira pronunciar uma palavra sequer...

– Vai dar trabalho voar com ele pelos uivos da noite! – sorriu.

– Cuidado, filha! – aconselhou a velha bruxa. – Apaixonar-se pelo Mago dos Magos pode ser mais desastroso para uma bruxa do que começar a gostar de um humano! O poder dele é menos limitado do que a consciência do que provoca e do que pode fazer.

Mas Rywa não sentiu medo. Teria a árvore em seus sonhos, para lhe dar energia e gosto pela vida. Sempre com a mão do Mago nas suas, elevou-se para o céu, aproveitando a correnteza provocada pelo canto de despedida dos bruxos para tomar o rumo do deserto.

Genoveva

Minha avó materna me contava uma história que conhecia desde criança, quando ainda morava na Itália. Uma história que até hoje me encanta. Um conto de fadas, talvez. Ou talvez alguma coisa que minha avó quisesse me dizer sobre os segredos do amor. A história de Genoveva.

Genoveva era uma pastora muito pobre. Uma tarde, um príncipe que gostava de caçadas passou pela terra em que ela vivia. Conheceu Genoveva, e se apaixonaram. Na aldeia mesmo se casaram, e o príncipe levou-a para seu castelo.

Acontece que o príncipe tinha uma irmã, que morava com ele no castelo. Desde o primeiro dia, a irmã do príncipe implicou com a cunhada. Para ela, Genoveva era uma intrusa, que viera tomar o lugar que acreditava seu: o de dona daquele castelo.

A pastora, entretanto, não era do tipo que abaixava a cabeça. Respondia aos desaforos da princesa, enfrentava-a. E enquanto o príncipe esteve por perto, apaixonado por Genoveva, sua irmã nada pôde fazer contra ela.

Naquele castelo havia subterrâneos muito antigos. Salões e galerias com histórias de centenas de anos, demônios adormecidos... assombrações.

A irmã do príncipe cada vez menos aparecia para os outros. Ninguém sabia dela. Sempre que podia, descia aos subterrâneos, procurando magias e encantos que a livrassem de Genoveva.

Foi então... foi acontecendo aos poucos... o amor do príncipe por Genoveva começou a esfriar. Ela, ao contrário, mais constante e firme em seus sentimentos, continuava a se devotar ao marido com paixão.

Por longos períodos, agora, o príncipe ausentava-se do castelo, entregue a caçadas e a visitas a reinos estrangeiros. E deixava Genoveva, solitária, a esperar por ele.

A moça adorava dar longos passeios no bosque. Tinha amigos que vinham vê-la. Animais que conversavam com ela, gênios e duendes que apareciam só para ela, para mais ninguém. A moça não se desesperava com o abandono em que vivia:

– Ou um dia eu me canso de esperar, e aí sou eu quem vai embora para nunca mais voltar, ou então ele se dá conta do que está perdendo, e aí retorna de vez para mim...

Acontece que a irmã do príncipe percebeu que era hora de atacar. Do fundo de um poço, nos subterrâneos do castelo, convocou um demônio para vir ajudá-la.

Era um dia nublado. Mesmo assim, Genoveva saiu para passear pelo bosque. Andou a esmo com os pensamentos soltos, meio triste. Sentia saudades. Só não sabia se era saudade do príncipe ou do tempo em que os dois faziam passeios como aquele, de mãos dadas.

Foi dar numa caverna cujas paredes de pedra cantarolavam baixinho, sempre que ela chegava. Naquela caverna, muitas vezes, ela e o príncipe haviam se protegido de tempestades súbitas e dormiram abraçados, esquecidos do mundo.

Ali, também, muitas vezes entrara para chorar, e suas lágrimas umedeciam a terra.

Naquela tarde, entretanto, a caverna estava estranhamente silenciosa. Genoveva aproximou-se da entrada, com um pressentimento assustador. Havia algo no ar. Era como que um aviso: Perigo!

Quando ia dar meia-volta e fugir da ameaça invisível, uma sombra sem forma emergiu borbulhante das pedras e a envolveu. Genoveva ficou sem ar, sufocada. Tentou gritar, mas não pôde. Caiu, enfim, sem sentidos. A sombra em torno dela tornou-se ainda mais escura.

Nos subterrâneos do castelo, a irmã do príncipe soltou uma gargalhada. Na névoa que habitava o poço do demônio, seu aliado, vira toda a cena refletida:

– Estou livre daquela pastora miserável! Livre! O castelo é todo meu! E quando meu irmão voltar, vou dizer a ele que Genoveva foi embora e que nunca mereceu o seu amor...

Foi então que a sombra do demônio emergiu do poço. A princesa recuou alguns passos, assustada. A sombra rugia, como se estivesse com fome.

– O que você quer? – berrou a princesa.

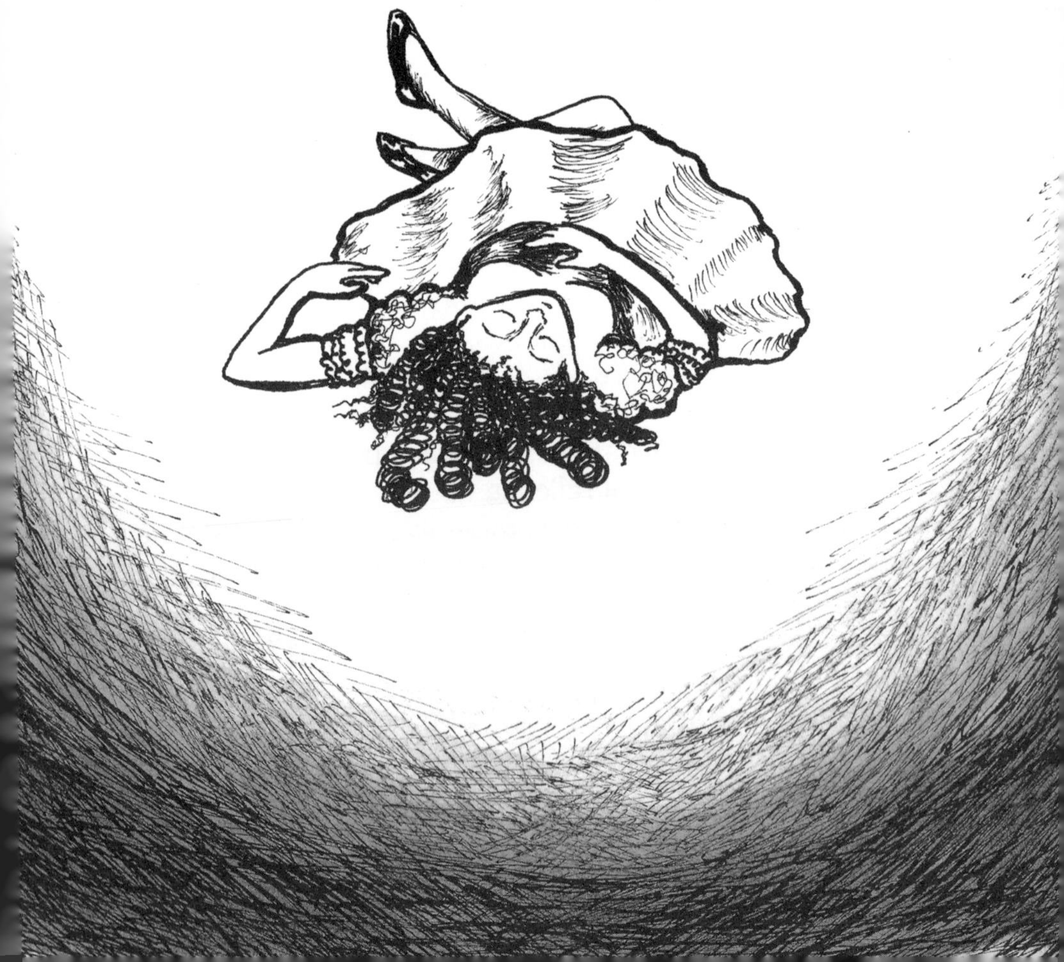

– Não fiz meu trabalho? Agora... o pagamento!

– Tenho um cofre cheio de joias para você! Um rebanho de ovelhas para saciar sua fome! Uma adega completa do melhor vinho...

– Não é nada disso que eu quero. Meu único alimento é a maldade do mundo... Você!

Dizendo isso, a sombra agarrou a princesa e a carregou para sempre para as profundezas do poço.

Semanas depois, o príncipe retornou ao castelo. Os empregados não sabiam dizer o que acontecera nem com Genoveva nem com sua irmã. Ouviram, em pesadelos, os gritos da princesa malvada, implorando que viessem ajudá-la. Mas era só o que podiam dizer.

Já havia muito tempo que o príncipe sabia das artes da sua irmã com os entes malignos que habitavam os subterrâneos do castelo. Havia tentado convencê-la a parar. Prevenira-a do risco que corria... Por isso, desconfiou logo que algo acima da sua compreensão havia acontecido. Mas... e Genoveva?

O príncipe passou a andar pelos corredores do castelo dia e noite, sem sossego. Tudo ali lembrava Genoveva. Foi-lhe dando uma sede doida, à medida que os dias passavam. Uma sede que nem água, nem qualquer outra bebida conseguia saciar. Chamou médicos do seu reino e de todos os reinos vizinhos. Fez anunciar que daria riquezas e honras a quem o curasse. Mas nada. Por mais que bebesse, o que quer que fosse, a sede continuava apertando, levando-o à loucura, ao delírio... E, durante sua febre, havia somente um nome que saía de seus lábios: Genoveva.

Um dia, quando todos já pensavam que o príncipe inevitavelmente morreria, apareceu no castelo um homenzinho muito estranho. Era baixinho e gordo. Usava barbas desgrenhadas e muito compridas. Quase não o deixaram entrar. Mas ele foi logo anunciando que tinha a cura para a sede do príncipe. E os empregados do castelo estavam tão desesperados que tentariam qualquer coisa para salvar seu amo.

O homenzinho foi levado ao príncipe. Exigiu que os deixassem a sós e então disse:

– Sei como curar você, menino!

– Menino? Sou o soberano deste reino!

– Dane-se! Saiba que não estou fazendo isso por você!

– Quer dizer que não vai querer a recompensa..?

O homenzinho soltou uma gargalhada que irritou o príncipe. Mas ele não estava em condições de impor muito respeito. Magro, abatido, os olhos e a testa ardendo... E aquela sede torturante, como se uma brasa estivesse entalada em sua garganta.

– Você não tem nada que eu queira, menino! Ouça, apenas. No meio do bosque, há uma caverna onde as pedras cantam...

– Sei onde é! Estive lá muitas vezes... com Genoveva! – e, no que disse o nome, a sede do príncipe aumentou ainda mais.

– Há uma pequena fonte lá, agora! É dessa água que você deve beber, antes que a sede o mate!

Mal acabou de falar, o homenzinho transformou-se numa borboleta, diante dos olhos do príncipe, e saiu voando pela janela. O príncipe nunca tinha visto fonte alguma, na caverna que tão bem conhecia. Mas não duvidou que o homenzinho houvesse dito a verdade.

Sem que ninguém conseguisse segurá-lo, saiu em disparada pelo portão do castelo. Os empregados se espantaram com a velocidade com que corria – ele, que andava tão fraco, nas últimas semanas. Ninguém pôde acompanhá-lo. À medida que avançava pelo bosque, a sede do príncipe ia ficando mais aguda. E o calor... Tanto calor que chamas se desprendiam da sua pele, sem queimá-lo, mas consumindo todas as suas roupas. Sede, mais sede, aquele calor enorme...

Quando entrou na caverna, desesperado, o príncipe já queimava por dentro, como se seu coração tivesse começado a arder. E viu. Era uma fonte pequena, de fato. O príncipe se atirou para ela, bebendo grandes goles. A água era salgada, tinha gosto de lágrima...

O calor do príncipe fez a água da fonte ferver. Um vapor denso ocupou toda a caverna, e o príncipe não podia mais enxergar.

Primeiro, sentiu o perfume da pele dela, depois ouviu sua voz, chamando-o pelo nome, como fazia ao despertar. Finalmente, sentiu os braços dela tocarem-no, abraçando, apertando... Então, a névoa se desfez.

E o príncipe teve de volta Genoveva, e seu amor, por toda a vida.

A aldeia perdida de Bohr

A aldeia de Bohr ficava num vale cercado de montanhas altíssimas. Tão altas, na verdade, que as histórias da tribo contavam que muitas das estrelas do céu haviam sido criadas no cume daquelas montanhas. Ali foram acesas, dali projetaram-se para o céu, deixando atrás de si rasgos brilhantes de fogo e cores.

Assim, quando numa noite muito escura os habitantes de Bohr viam um daqueles clarões cortarem o céu, anunciavam que era outra estrela partindo, para encontrar um lugar para si no firmamento.

Na verdade, a tribo de Bohr tinha muitas histórias sobre o lugar onde viviam. Histórias e lendas. As mais antigas contavam, por exemplo, que existiam outros povos, para além das montanhas que cercavam a aldeia. Mas poucos acreditavam nisso. A maioria achava mesmo que, depois das montanhas, ficava o fim do mundo. E era proibido fazer histórias sobre o fim do mundo. Era impossível imaginá-lo, tentar adivinhar com o que se parecia.

E era proibido também tentar passar para o outro lado das montanhas. Segundo as histórias contadas em Bohr, havia monstros e deuses incríveis guardando o cume das montanhas, para que ninguém o atravessasse.

Ou então, segundo outros contadores de histórias, os monstros e deuses estavam ali para proteger Bohr, para que o fim do mundo não engolisse a aldeia também; porque, se isso acontecesse, seria o fim mais definitivo, o fim de tudo.

Havia um rio que atravessava o vale de Bohr. Era dele que a tribo tirava os peixes para seu sustento. E havia também histórias sobre o rio. Contavam que ele nascia na garganta de um poderoso deus, na Montanha Sul, saía por sua boca e se derramava sobre o vale.

Toda vez que um habitante de Bohr conseguia fisgar com sua lança um peixe do rio, perguntava a ele como era o interior da barriga do deus da Montanha Sul. Mas era apenas uma forma de lembrar o poderoso ser que dava vida ao rio – os habitantes de Bohr sabiam que os peixes estavam proibidos de revelar segredos e que nunca responderiam suas perguntas.

Só que um dia o rio que atravessava a aldeia começou a adoecer. Suas águas aos poucos se tornaram escuras, malcheirosas. E os peixes desapareceram...

A fome ameaçava a tribo. Ainda havia as frutas dos arbustos do vale. Mas os habitantes de Bohr não podiam ficar dependendo só delas. Não havia arbustos em quantidade suficiente para alimentá-los por muito tempo.

Não podia ser um castigo. A tribo sabia que não havia feito nada que pudesse ofender o deus da Montanha Sul. Na verdade, os deuses de Bohr não se ofendiam à toa. Muito pelo contrário, exigiam apenas que cada um cuidasse da sua vida, sem prejudicar a dos outros.

Então, os sábios de Bohr chegaram a uma conclusão:

– O deus da Montanha Sul está morrendo. Algo em sua barriga o está matando! É preciso que algum de nós vá lá ajudá-lo a ficar bom outra vez!

– Mas nós podemos curar os deuses? – perguntaram, espantados, aos sábios da tribo.

– Podemos tentar... – foi a resposta.

Nunca nenhum habitante de Bohr havia se aventurado a escalar uma das montanhas. Temiam que, por acidente, pudessem abrir uma porta qualquer para o fim do mundo penetrar no vale e devorá-lo. Mas, naquela situação tão grave, não havia outro remédio. O mais forte e inteligente de todos os habitantes de Bohr foi enviado para a missão.

Chamava-se Karava-ny. E, por ter sido o escolhido, ganhou mais um nome: Thum. O novo nome não significava coisa nenhuma. Apenas os sábios imaginaram que o deus da Montanha Sul ficaria satisfeito se o escolhido para ir ao seu encontro fosse rebatizado em homenagem à ocasião.

Karava-ny-Thum partiu ao nascer do dia seguinte à decisão do conselho da tribo.

A escalada da montanha foi difícil, ela era realmente muito alta.

A primeira coisa que Thum percebeu foi que, apesar de estar subindo, o céu não parecia mais próximo. Não conseguia entender que mágica era aquela – a de uma coisa que nunca se podia alcançar. Sua aldeia, ao contrário, depois de apenas dois dias de escalada, tinha ficado tão distante, para baixo, que não conseguia mais enxergá-la. Se não fosse isso, Thum chegaria a pensar que não estava saindo do lugar. Na certa, era uma ilusão criada pelos deuses e monstros das montanhas, para confundir os habitantes de Bohr e impedir que subissem até eles.

Assim, Thum prosseguia repetindo para si mesmo que não ia se deixar enganar: que o céu, à medida que subia, tinha que estar ficando mais perto, apesar de os guardiões da passagem para o fim do mundo não estarem permitindo que ele visse melhor seus segredos.

No vale, a não ser quando chovia, fazia dias sempre quentes e noites suavemente frescas. Em sua jornada, entretanto, Thum foi sentindo cada vez mais frio. Thum não conhecia o frio. Para ele, aquela era a prova de que o deus da Montanha Sul estava muito doente. Suas entranhas deviam estar perdendo o calor, como acontecia com os mortos, e o frio saía por sua boca, enregelando tudo em volta.

Nove vezes a noite caiu sobre Thum. Houve ocasiões em que ele precisou se deter, por causa da escuridão, num ponto tão estreito do penhasco, que não podia sequer pegar no sono, sob o risco de despencar.

Precisava esperar o alvorecer se equilibrando, lutando contra as dores que isso lhe causava. Lembrava-se então das histórias da sua tribo, e ficava recontando-as em voz alta,

gritando mesmo, para que o deus da Montanha Sul soubesse que continuava decidido a seguir em seu socorro.

Finalmente, um dia, Thum chegou a uma região toda coberta de nuvens. O frio era tão intenso que ele tremia sem parar. Ao fundo, ouvia um ronco, como que vindo de dentro da barriga do deus da Montanha Sul.

Thum arrastou-se, usando todas as forças que lhe restavam. As nuvens ficaram para baixo: ele havia alcançado o ponto mais alto da montanha.

Compreender que sua jornada havia terminado reanimou-o. Apoiando-se nas pedras, Thum prosseguiu na direção de onde vinha o ronco tão assustador. Chegou então à entrada de uma imensa gruta. Dali saía um filete de água: a nascente do rio que atravessava sua aldeia. Então, era aquela a boca do deus. Era ali que estava o grande segredo e a salvação do seu povo.

Thum sentiu medo. Precisava penetrar na barriga do deus para descobrir o que estava acontecendo. De lá de dentro o ronco o ameaçava. E havia ainda clarões flamejantes, como se todos os trovões do céu habitassem as entranhas do deus da Montanha Sul.

Recitando sempre as histórias de sua tribo, Thum avançou. A gruta era imensa. Suas paredes eram cobertas de lindos pingentes de cristal. Thum nunca tinha visto nada igual, como se fossem a matéria-prima de que eram feitas as estrelas.

Thum estava maravilhado. Lá dentro, entretanto, aquele mau cheiro, como o que carregavam as águas do rio, era mais forte, quase o sufocava.

Thum chegou num enorme salão da gruta... e foi então que entendeu o que estava acontecendo com o deus da

Montanha. Era o fim do mundo que havia penetrado em sua boca.

O que Thum viu foram rasgões na parede de pedra, que davam passagem a um grande tubo. No que tocou o tubo, sentiu-o pulsar, vomitando doença para o leito do rio – e Thum compreendeu que aquela coisa não era do mundo de Bohr... Não era pedra, nem madeira. Era estranha, e Thum podia sentir a maldade saindo dela, junto com a sujeira.

Os clarões que Thum havia enxergado de fora vinham da abertura na parede de pedra. Por um momento, ele sentiu-se tentado a passar por ela e conhecer, finalmente, o que era o fim do mundo. Mas recuou, assustado. Podia haver monstros e deuses, também no fim do mundo – e talvez fossem eles que estavam lhe dando a ideia de fazer algo que seria, com certeza, sua perdição.

Não. Thum escalou a rocha. Havia um cacho de grandes pedras equilibradas bem em cima da tubulação. Com muito esforço, e usando um tronco de árvore como alavanca, Thum conseguiu mover a base que sustentava todo o resto.

Então... Thum escutou o urro da rocha escorregando. E a tubulação sendo esmagada, bloqueada, rompendo-se... A abertura foi se fechando, enquanto as paredes da caverna tremiam, com a avalanche.

Thum saiu correndo. Quando cruzava a entrada da caverna, um clarão explodiu, muito distante. Thum escutou os ecos, como se a montanha se contorcesse. E pensou ouvir ainda a gargalhada do deus, finalmente livre do perigo.

Também na aldeia de Bohr escutou-se a explosão. A terra tremeu e, por trás da Montanha Sul, uma nuvem de fogo pareceu lutar contra a luz do céu por alguns instantes.

Depois, tudo se aquietou. Os habitantes de Bohr passaram os dias que se seguiram à espera de seu enviado. E ele chegou, com muita febre, contando coisas incríveis...

Com o tempo, o rio voltou a correr como antigamente. A água fresca e clara, muitos peixes... A aldeia de Bohr estava salva.

E entre eles surgiu outra história: era sobre Thum, o escolhido, que escalara a Montanha Sul, até o céu, entrara na barriga do deus e expulsara de lá o demônio que o estava devorando. Daí em diante, quando algum habitante de Bohr fisgava um peixe, perguntava a ele se era verdade mesmo o que se dizia sobre a aventura de Thum.

Os peixes não respondiam, com certeza proibidos pelo deus da Montanha Sul, que, muito vaidoso, não gostava de reconhecer que devia sua vida a um simples habitante de Bohr. Afinal de contas, ele era um deus, com a barriga cheia de estrelas, e despejava pela boca o rio que sustentava a vida em todo o vale. Já o pessoal da aldeia, de maravilhoso mesmo, sabia apenas inventar histórias. Muitas histórias.

O velho relógio

O velho relógio ficava na sala, marcando cada hora com badaladas assombradas. Dalila lembrava-se de escutá-lo desde quando era ainda uma criança de berço. Mas não sabia mais quem lhe havia contado que, dentro dele, morava uma bruxa.

Engraçado é que só Dalila, naquela casa, gostava do velho relógio. O pai e a mãe se referiam a ele como "aquela coisa agourenta!".

Fora herança da avó de alguém, sobre quem se contavam histórias muito antigas, todas encantadas. Haviam-no pendurado na parede, de má vontade. Foram deixando, como se uma mágica os fizesse esquecer que ele existia – a não ser quando alguém escutava suas badaladas e sentia um arrepio. Aí, reclamavam, prometiam que iriam se livrar dele, prontamente. Depois, esqueciam de novo.

Mas Dalila nunca teve medo do seu jeito sombrio. Pelo contrário...

Estranhavam quando ela, então uma menininha, sempre antes de dormir, parava diante dele e ficava olhando fixamente, balbuciando palavras que ninguém mais entendia. É que Dalila sentia que o relógio afastava os pesadelos e trazia sonhos de fadas e lindos heróis para lhe fazerem companhia, até despertar. Assim, nunca ia se deitar sem pedir à bruxa do velho relógio que protegesse seu sono.

Era como se a bruxa, enquanto ela dormia, viesse ao seu ouvido lhe contar uma história. Aliás, com o passar do tempo, Dalila começou a dar sugestões à bruxa, para que não lhe faltassem ideias para seus sonhos: "Que tal uma história onde Peter Pan viesse me buscar, para a gente dar uma volta ao mundo, com uma parada de um mês inteiro na Disneyworld?".

E a bruxa a atendia. Peter Pan chegava, montado num vento da noite, entrava pela janela, acordava Dalila com um beijo estalado em sua boquinha rechonchuda... E lá iam os dois em direção à estrela mais brilhante do céu.

Dalila cresceu. Transformou-se em uma adolescente de cabelos escuros, encaracolados, rebeldes. E olhos negros, muito profundos, feitos para guardar todos os sonhos e segredos que uma menina de sua idade pudesse ter. Um dia, levou o velho relógio para o seu quarto. Ninguém na casa nunca mais falou dele, como se as badaladas, muito altas, não pudessem ser ouvidas em nenhum outro ambiente do apartamento.

É que Dalila já sentia vergonha de continuar parando na sala, antes de dormir, para falar com a bruxa na frente de todo mundo. Não pedia mais a ela que lhe desse sonhos bons, mas ainda tinha muita coisa que queria conversar. Queria que a bruxa a fizesse sonhar com seu futuro. Queria saber mais da vida e do mundo.

E a bruxa a atendia, sempre contando histórias para seus sonhos. Dalila se via como mãe, dando à luz, ou então como médica, no instante de salvar uma vida, ou embrenhada na selva, como militante ecológica, ou agradecendo as palmas de uma plateia fascinada, que acabara de assisti-la interpretar um papel, no teatro... Dalila se via de várias formas, vivia várias vidas. E a bruxa sussurrava: "sinta... escolha... a vida é toda sua".

"E se eu quiser ser uma bruxa, para morar num velho relógio, longe de tudo, protegida, e ficar só contando histórias?", imaginou Dalila, num dia meio magoado. Foi então que, finalmente, ela se encontrou com a bruxa do velho relógio...

Era uma paisagem toda tomada pela neblina. A bruxa estava sentada numa cadeira de balanço, coberta por um manto e um capuz. Em suas mãos, havia um livro aberto, um livro grande, numa encadernação antiga. A bruxa o estava lendo, muito quieta. Dalila foi em sua direção. Adivinhou logo que era ela. A menina estava nervosa, sentindo um medo que nunca havia participado dos seus sonhos. Chegou junto da bruxa e perguntou:

– Onde eu estou?

Muito devagar, a bruxa fechou o livro. Dalila não podia ver seu rosto. O capuz e a neblina o ocultavam.

– Você sabe...

– Dentro do velho relógio... Você não vai me mostrar seu rosto?

– Não é melhor você ver o seu próprio, primeiro?

Sem ter certeza se sabia do que a bruxa estava falando, Dalila balançou a cabeça afirmativamente – sem muita convicção, é verdade. E fechou os olhos, o medo apertando... Quando os abriu, estava rodeada de espelhos.

Dalila gritou... Em cada espelho, havia uma face dela mesma que não conhecia. E eram horríveis. Algumas deformadas, outras cruéis, e outras, afogadas numa assustadora tristeza...

– Eu não sou assim! – berrou.

– A bruxa do velho relógio dá sonhos bons, e guarda para si os pesadelos... – sussurrou uma voz, seguida das badaladas que Dalila conhecia muito bem.

– Quer dizer... Esses são os pesadelos que eu não tive?

– Você quer conhecê-los?...

A bruxa veio flutuando no ar, para tomar Dalila pelas mãos. Mas a menina recuou, com firmeza:

– Não! Quer dizer... Ainda não! Um dia... uma outra vez...

– Está bem! – assentiu a bruxa delicadamente. – Quando quiser... Contanto que se lembre de que vai precisar fazer isso. Não espere demais, Dalila!

– E o seu rosto? Você não vai mesmo me mostrar?

– Precisa ver? Não pode imaginar?

Podia. Mas, só para tirar a prova, insistiu para que a bruxa se descobrisse. E sorriu, ao vê-la. Era o seu próprio rosto. Mais maduro, dotado de um sorriso sedutor, irresistível, cheio de luz...

– Você é a bruxa, Dalila! Sempre foi. Use seu poder, seus sonhos e seus pesadelos... Use!

Nesse momento, a neblina tornou-se espessa em torno de Dalila, como se fosse uma onda da praia. Uma onda fortíssima, que a arrastava sem controle. Dalila chamou pela bruxa e a ouviu responder, de algum lugar:

– Você quer voar, Dalila?

A menina abriu os braços, lutando contra a correnteza. E, de repente, graças ao seu esforço, elevou-se no ar...

– Eu posso fazer... tudo o que quiser?

– Não! – respondeu a bruxa, surgindo ao seu lado em pleno voo. – Mas pode fazer um sonho acabar. E começar outro, muitos outros...

– Você protegeu meus sonhos, quando eu era pequena. Os sonhos de quem eu vou proteger?

A bruxa soltou uma gargalhada gostosa, que ficou ecoando por muito tempo. Novamente Dalila adormeceu. Ainda escutou a bruxa lhe dizer:

– Acho que você vai ser uma boa bruxa do velho relógio!

– Mas eu não vou ter que morar aqui dentro, vou? Posso dar só uma passada, de vez em quando? Não gostei daqui! Me senti fechada, sem... sem...

A bruxa sorriu e lhe deu um beijo de despedida. Naquela manhã, quando Dalila entrou na cozinha, encontrou os pais na maior conversa, tomando café. Foi sua mãe que disse:

– A gente estava mesmo falando em você... Lembra do velho relógio? Aquele que você adorava?... Só hoje percebi que não está mais na sala. Você o pegou?... Sabe que até estou sentindo falta dele? Ele marcava as horas e era tão... aconchegante!

– E as histórias que havia na família sobre ele? – completou o pai, rindo. – Sabe que já disseram até que era mal-assombrado?

Dalila não se espantou com a mudança dos pais. "Mágicas!", pensou. Foi pegar o relógio, pendurou-o de volta na parede da sala, e pronto. Quando queria conversar com a bruxa, parava diante dele e piscava um olho, mandava um beijo, dizia alguma coisa, escutava...

O velho relógio sempre tinha uma história carinhosa para lhe contar.

Leituras piradas

Meu nome é Marisa, mas meus amigos me chamam de Mysa. Estou no sétimo ano. Para falar a verdade, nunca gostei muito de ler. Escrever, então... que tortura! Era só entrar a professora na sala, e anunciar que a gente ia ter que fazer uma redação, que eu sentia dor de barriga.

Mas, então... Por que estou me metendo a escrever esta história? É... Boa pergunta! Para explicar, vou ter que contar tudinho...

Começou com o fora que a bibliotecária nova lá da escola levou da turma da gente. Ela era meio estranha: baixinha, gorduchinha... E os olhinhos dela, que não paravam quietos? Parecia que estava sempre em curto-circuito.

Um dia, ela entrou na sala e anunciou que quem quisesse ganhar um bombom era só visitar a biblioteca e pegar um livro pra ler:

– Tá querendo enrolar a gente, é? – protestou a Rafa.

– Aqui ninguém é bobo, pra ter que engolir de ler um livro inteiro, só pra ganhar um bombom!

A bibliotecária – o nome dela era Laurinha – começou a gaguejar, toda encabulada. Primeiro, o pessoal soltou gargalhadas, depois foi uma vaia só, que não deixou mais ela falar. Aí, pronto... Dona Ivone, a diretora da escola, entrou na sala, com aquele ar, bem zangado. Uma zanga gelada, que fez todo mundo calar a boca.

– Então, vai ser o seguinte... – disse ela, sem gritar nem nada, só na moral. – Vocês vão passar na biblioteca, na saída, e pegar um livro cada um. E vão ter que fazer uma redação sobre o livro, até segunda-feira que vem... Valendo nota!

– Puxa... – choramingou a tal da Laurinha do lado dela. – Não queria fazer assim... Desse jeito, leitura vira castigo!

A diretora fuzilou a Laurinha:

– É seu primeiro emprego numa escola, não é, menina?

– É, sim... – respondeu ela, super sem jeito.

– Então é melhor você entender que precisa aprender muita coisa ainda, certo?

A bibliotecária não respondeu. Apenas baixou os olhos e foi saindo.

Eu já tinha esbarrado com ela, no corredor. Estava sempre carregando uma pilha de livros. Uma vez, eu vinha passando pela porta da biblioteca, dei uma olhada lá para dentro, e vi ela cantarolando e arrumando as prateleiras. De vez em quando, dava uns pulinhos esquisitos, e falava umas coisas, bem baixinho, como se estivesse conversando com os livros...

Até que aconteceu a bronca da Dona Ivone. Daquele dia em diante, alguma coisa mudou na Laurinha. Como é que vou explicar? Ela deu de ficar espiando a gente. Parava atrás de uma porta, ou de uma árvore lá do pátio do colégio, sempre vigiando alguém da nossa turma. Acho que ela pensava que estava escondida... mas estava era muito mal escondida, todo mundo via! Às vezes, ela seguia alguém no corredor, disfarçando muito mal, também...

– Pirou! – disse a Rafa, um dia, não aguentando mais. – O que essa perua tá querendo? Tá me deixando muito nervosa... Acho que vou falar com a diretora.

Pois é... O pessoal não tava entendendo nada. E se a tal da Laurinha tivesse mesmo ficado maluca? O que ela ia aprontar?

Porque tinha ainda as coisas que a gente via ela carregando pra dentro da biblioteca... O Greik pegou ela entrando lá com um enorme caldeirão, bem velho. A Rafa viu ela chegando na escola com umas correntes bem enferrujadas. Noutra vez, fui eu que vi: a Laurinha vinha abraçada com umas estatuetas horrorosas, como se fossem diabinhos.

E a biblioteca? De uma hora pra outra, passou a ficar trancada o tempo todo. Era como se ela não quisesse ninguém entrando lá, pra descobrir o que andava fazendo.

Acabou alguém indo mesmo falar com a Dona Ivone.

– A Laurinha me comunicou que precisa fazer uma limpeza geral nos livros e nas estantes da biblioteca. Logo, tudo vai estar funcionando normalmente! Deixem de criar caso e vão estudar! – brigou ela com quem foi reclamar.

Faxina? Podia até ser... Mas estava tudo estranho demais!

BIBLIOT

– Tô achando que ela quer se vingar da turma da gente...

– Como assim, Mysa? – a Rafa e o Greik arregalaram os olhos.

– Sei lá... Rogar uma praga... Pegar um de nós e...

– Ora! Você agora acha que ela virou bruxa, é?

– Claro que não, Rafa! Tá pensando que eu sou criancinha pra acreditar nessas coisas?

Eu falei aquilo bem braba, pra ninguém duvidar. E todo mundo riu. Mas era um riso meio nervoso, assustado...

Laurinha continuava de olho na gente. Se é que os olhinhos dela, sempre se remexendo, conseguiam fixar alguém. Mas era só a gente virar pro lado, e ela estava em algum canto, sem chegar perto, mas também sem largar do nosso pé. Eu jurava que, ultimamente, ela andava com um sorrisinho debochado, como quem diz: "vocês não me escapam!".

Foi então...

Tinha que ser logo comigo! Quando passei e vi a porta da biblioteca aberta, tentei dizer pra mim mesma: "E daí? Deixa a Rafa ou o Greik, que acham que são corajosos, irem lá xeretar! Comigo, não!". Mas era fingimento puro... Eu sabia que não ia me segurar.

Fui entrando, sem fazer barulho. Incrível! Que visual! Não havia mais estantes, nem livros. Tinha uns panos, pendurados no teto, com uns desenhos muito loucos – caretas de monstros, com a língua vermelha de fora. Toda a bagulhada que a gente viu a Laurinha trazer estava espalhada pela sala. E mais uma porção de coisas que a gente nem suspeitava.

Parecia... sei lá! Estava de assustar! O caldeirão soltava

uma fumaça borbulhante, num canto. As correntes estavam seguras numa alça, na parede, como se fosse para prender alguém ali. As vassouras tinham umas fitas roxas e ficaram empilhadas num canto. Havia ainda as velas acesas, que davam uma iluminação com sombras dançando, nos panos e no teto.

Era como se, de uma hora para outra, uma assombração qualquer fosse pular pra cima de mim. Comecei a ficar com medo. Com medo de verdade! E já ia saindo, quando...

Tinha que ser! Bem que eu tava adivinhando! Alguém deu uma batidinha de leve nas minhas costas. Virei no susto. E susto maior ainda levei quando vi a Laurinha juntinho de mim, os cabelos arrepiados, horríveis! Uns dentões saindo da boca, bem afiados. E ela esfregava as mãos, sempre com aquele sorrisinho. Os olhinhos dela não ficaram se revirando na hora – estavam paradões, com o brilho das velas batendo neles... Dei o maior berro.

Nisso, a Rafa e o Greik começaram a ficar cismados. Tinha deixado os dois me esperando, dizendo que ia só um instante na secretaria pegar uma tesoura emprestada, para terminar um trabalho que a gente tinha que entregar logo depois do recreio. Só que o recreio já ia terminando e nada de eu aparecer, claro. Então, eles foram atrás de mim...

Viram a porta da biblioteca aberta e, que nem eu, brecaram. Nessa altura, já tinha uns barulhos vindo lá de dentro, como se fosse uma revoada de fantasmas, mais umas gargalhadas, e guinchos de morcego...

– Você acha que ela entrou aí? – a Rafa cutucou o Greik.

– Eu sei lá? Puxa... que barulho é esse?

– Tô com um pressentimento... E se a perua pirada pegou a Mysa?

– Mas pegou... pra quê?

Os dois trocaram um olhar meio assustado e, sem sentir, foram dando uns passinhos, olhando da entrada, avançando um pouco mais... Aí eu apareci, soltando uma gargalhada bem loucona e batendo a porta por trás deles.

A Rafa deu um pulo.

O Greik ficou branco. E lá do fundo veio correndo a Laurinha, soltando gargalhadas também, com umas fitas roxas esvoaçando na mão.

– Quero sair daqui! – gritou a Rafa.

O Greik nem berrar conseguia. Só ficava tremendo. Não era à toa...

Eu estava com a boca toda verde, com brilhos, e umas unhas pontudas, caminhando com as mãos estendidas, feito zumbi, bem pra cima deles. Os dois se abraçaram...

– Ela pegou a Mysa! E vai fazer a gente virar zumbi, também!

Juro que eles já iam chorar. Aí...

Aí, a Laurinha correu para o interruptor e acendeu a luz.

– Que história é essa? – berrou a Rafa, ainda pra lá de nervosa.

– Acertou em cheio! – disse a Laurinha, triunfante, tirando a peruca dos cabelos arrepiados e a dentadura postiça. – É uma história de bruxas e encantamentos. E vocês representaram a cena dos garotos entrando na cova dos adoradores de um demônio muito antigo. Daí, a serva desse demônio pega os garotos, toma conta dos espíritos deles...

– Peraí! Isso é um livro? Vocês não estão...não são... – eu não aguentava de tanto rir, com o espanto do Greik.

– Vocês estão maquiadas! E aquele barulho de vento e tudo o mais?

– Tem um gravador ali no fundo, tocando uma fita de sons especiais!

– O caldeirão, a fumaça...?

– Gelo seco, seu bobo! – disse eu, me divertindo.

Laurinha afastou os panos pretos de uma das paredes. As estantes estavam lá, como sempre, atrás dos panos. E pegou um livro: "*A maldição da cuia furada*"...

– É um livro, sim... Este livro aqui! Eu tava contando a história pra Mysa, e ela resolveu me ajudar a pegar vocês também!

– Traidora! – gritou a Rafa!

Os dois, zangadíssimos, foram saindo. O Greik é que me perguntou:

– Você não vem com a gente?

– Nem pensar! Quero saber como os dois garotos vão se livrar da serva do demônio da cuia furada!

Eles pararam, pensativos...

– É... Os dois estavam ferrados, né? – arriscou a Rafa.

– Mas... e o nosso trabalho?

– Eu digo pro professor de vocês pra deixar entregar amanhã! – jogou logo a Laurinha. Mas o Greik é teimoso...

– Ah! O que eu gosto mesmo é de história de vampiro!

– Não diga! Tenho um livro aqui sobre um vampiro que, entre outras aventuras, virou astro de *rock*!

– Jura?

– E quem sabe vocês me ajudam numa coisa que eu quero promover aqui na escola?

Bem, pra resumir a história, o demônio da cuia furada soltava uma baba corrosiva, tipo ácido, por uma das orelhas. A tal da cuia, que de furada só tinha o nome, servia para recolher a tal baba que, jogada na serva endemoninhada, transformou ela numa coruja malhada.

Vampiros e *rock* são a coisa que o Greik mais gosta. Aliás, a Laurinha, seguindo a gente por vários dias, ia anotando das nossas conversas o que mais podia interessar a cada um.

Dona Ivone estranhou a decoração da biblioteca. Mas, quando soube que era pra promover um *festival de terror*, deixou a gente em paz. Naquela semana, muita gente entrou numa de ler histórias de vampiros, bruxas, amuletos, mandingas e maldições. Eu, a Rafa e o Greik, contratados como *animadores* do festival, passávamos o tempo todo fantasiados. Precisava ver a Rafa enfaixada de múmia e o Greik, lógico, com aqueles dentões na boca e muito *catchup* na camiseta...

A Laurinha vai promover um concurso de contos, aqui na escola. É por isso que estou escrevendo esta história. Vou dar pra ela a ideia de fazer também um festival de histórias de amor. Daí, a gente pode representar casais famosos, Romeu e Julieta, e por aí vai...

Taí! Tem um gatinho em quem eu ando de olho... Quem sabe não convenço ele a fazer par comigo, numa das representações? A gente podia escolher um casal bem pirado, ler a história deles juntos e... Será que dá certo?

O Duende Plantador

Quando o conheci, Bóris já era um velho e eu, garoto ainda. Ele era jardineiro. O que já era um toque bem diferente: um jardineiro numa cidade grande, que começava a engolir o verde e o piar dos passarinhos.

Bóris veio de um país que hoje já não lembro qual era. Trabalhava numa mansão de pedra – que há muito não existe mais, virou edifício – com um terreno enorme em volta. Cuidava da grama, dos arbustos, das flores e das árvores.

De um cantinho da minha janela, no alto do prédio vizinho, dava pra ver Bóris no jardim. Mas o grande lance era cruzar com ele na rua, numa hora em que estivesse sem pressa. Daí, se a gente estivesse com sorte mesmo, ele contava uma história...

Tinha um sotaque estranho e carregado, o que fazia suas histórias ficarem mais mágicas ainda. Geralmente, falavam do tempo em que era criança, em sua terra fria, nevada, distante...

"Era uma vez...

Bom, era uma vez eu mesmo, no dia em que nasci. Nesse dia, meu pai, que passava mais tempo na floresta do que em casa, plantou uma muda de árvore, num lugar onde o sol batia pela manhã, e que dava para se ver bem da janela do meu quarto.

Fui crescendo e a árvore também. Meu pai costumava dizer que eu e ela éramos irmãos, pois havíamos nascido no mesmo dia. Era uma árvore muito bonita e forte. Talvez não fosse da melhor madeira. Mas eu a amava assim mesmo.

Costumava até mesmo conversar com ela. E, gozado, jurava que ela dava um jeito de me responder. Pensava que só podia ser loucura – mas seus galhos se remexiam, como se estivessem rindo, às vezes. Creio até que tivemos umas duas ou três brigas...

Adorava ver como seus galhos saíam uns dos outros. Como o tronco ia ganhando rugas e contornos. Como brotavam as folhas, as parasitas. Enfim, cada ano que eu vivia, era como se aquela árvore o marcasse no mundo e no tempo. Ela já era muito mais alta do que eu. E continuaria crescendo, seria uma grande árvore...

Então, veio um inverno pior do que todos os outros. Eu tinha uns doze ou treze anos. Muito, muito frio... E o vento... Um vento que atravessava as paredes, como se elas não estivessem lá. E muita, muita neve...

Tanta neve, que meu pai, por mais de uma semana, não pôde ir à floresta catar lenha para nossa lareira. Estávamos já congelando e havia apenas uma árvore por perto. A minha.

Naquela noite, estranhei que minha mãe viesse cantar, ao pé da minha cama, até me fazer adormecer. Havia anos que ela já não fazia isso. E tive sonhos assustadores. Corria de um lado para o outro da casa, com medo de que o teto, de repente, fosse desabar.

Com certeza, adivinhara alguma coisa dos cochichos que meus pais trocaram, disfarçadamente, pelos cantos.

De manhã, como se já soubesse de tudo, a primeira coisa que fiz foi correr para a janela para olhar. Aí gritei, horrorizado. Minha mãe chegou depressa, me abraçando...

A árvore tinha sido cortada. Sobrava apenas um toco morto, de onde saíam as raízes para se fincar na terra.

Não havia muito o que explicar. Meu pai cortara a árvore, e pronto. Era ela ou nossa família, a congelar naquela região longe de tudo. Mas eu não queria me conformar. Era a minha árvore, a árvore que nascera comigo...

Naquela noite, minha mãe veio outra vez cantar para mim, ao pé da cama. Fingi que adormecia logo, para ela sair do quarto. Queria ficar sozinho...

Quando ela se foi, vesti meu capote e pulei pela janela. A lua estava muito brilhante, iluminando tudo. Corri até o toco da árvore e me ajoelhei. Comecei a conversar com ele...

Pedi a minha árvore, onde quer que ela estivesse, que não ficasse zangada com meu pai. Afinal, ele precisava cuidar de nós. Disse também que ia sentir muita saudade dela... E comecei a chorar.

Foi então que uma chamazinha arroxeada brotou do centro do toco. Eu olhei para aquilo, espantado. Pensei que fosse um inseto, desses que piscam de noite – mas a luzinha começou a crescer e a subir no ar. Então, soltou um estouro abafado. E senti cheiro de enxofre. Uma vozinha fina e engraçada berrou, do meio da chama:

– Bóris! Me ajude! Você precisa me salvar!

Fiquei paralisado de medo. Via a chamazinha lutando contra o vento para não se apagar. E aquela vozinha indo e vindo, cada vez mais fraca. Eu queria fugir. Ia lá saber que assombração era aquela?

Mas tropecei numa acha de lenha e caí. A chamazinha veio atrás de mim, me perseguindo, sempre implorando:

– Bóris! Por favor! Só você pode me salvar!

Peguei a acha de lenha – era um pedaço da minha árvore – e tentei bater nela. Não adiantava. Ela não desistia. Só que o vento parecia que ia vencer e apagá-la, afinal:

– Bóris! Não sou seu inimigo. Você não me reconhece? Por favor... Nós estamos juntos desde o dia em que você nasceu!

Ouvindo aquilo, parei. Então a chamazinha reuniu todas as suas forças, aumentou seu brilho... E foi assim que eu pude vê-lo. O duende.

Quer dizer, vi seu rosto, como se estivesse refletido naquele brilho arroxeado. A essa altura, a chamazinha estava tão fraca e transparente que dava para perceber que iria sumir rapidamente. Mesmo assim, o duende falou:

– Eu... perdi meu corpo...

– A árvore! – pude enfim entender.

– Isso mesmo... A árvore! Eu era o espírito dessa árvore.

Era eu que conversava com você, que ria das suas histórias... Era seu amigo. E, se não me ajudar, vou sumir para sempre. Tenho pouco tempo!

– Mas o que eu posso fazer?

– A acha de lenha, Bóris! Por favor! Eu preciso de outro corpo. Depressa... Preciso me proteger do vento. Preciso me guardar para quando estiver pronto! Depressa, Bóris! A acha de lenha... Depressa!

A chama sumiu de repente. Fiquei boquiaberto. Apanhei a acha de lenha e corri de volta pro meu quarto. Ficava pensando...

– Um corpo... ele perdeu o corpo... Precisa de um corpo!

Acho que entendi na hora o que ele queria de mim. Mas a dúvida era se eu seria capaz de fazer o que me pedia. Peguei meu canivete e sentei no chão. Comecei a lascar a acha de madeira. A cada corte, era como se eu ouvisse o duende choramingando:

– Depressa, Bóris! Tenho pouco tempo! Por favor, depressa!

Eu chorava, de tão nervoso. Não conseguia dar a forma que queria. Não estava saindo nada certo. Então...

Então, a luz arroxeada entrou pela janela. Estava mesmo quase se apagando. E a vozinha lá de dentro só conseguia dizer:

– Por favor, Bóris! Por favor...

Não sei até hoje o que me deu. Tomei coragem e comecei a talhar a madeira, confiante. Aos poucos, alguma coisa foi aparecendo. Não saiu nenhuma obra de arte, mas foi indo, indo... No final, já era um boneco que dava para passar por duende.

– Pronto! Acabei! Ainda dá tempo? – e olhei em volta, preocupado, procurando a luzinha arroxeada.

Mas ela havia sumido...

– Onde você está? Venha! O boneco está pronto! Por favor!

Ninguém me respondeu. Fiquei sozinho, no quarto. Comecei a chorar de novo, com o boneco nas mãos. Lembrei da árvore, minha amiga. Das conversas que a gente teve. Das vezes em que eu, surpreso, reparava o quanto ela havia crescido. E mais nada. Adormeci ali, no chão, muito triste.

De manhã, minha mãe me acordou, estranhando me encontrar fora da cama. Já ia contar para ela o que havia acontecido, quando notei que o boneco não estava mais comigo:

– Mãe! O boneco que eu fiz da acha de lenha... Você o pegou?

– Não havia boneco nenhum aqui, Bóris! Você deve ter sonhado...

Não conseguia acreditar que havia sido apenas um sonho. Mas como, então, o boneco havia desaparecido? Só se...

Um ano inteiro se passou. Veio outro inverno, não tão forte quanto o anterior. Eu havia arrumado uma muda de árvore. Ia plantá-la, em memória da minha amiga, logo que o tempo começasse a esquentar outra vez, num bonito pedaço de terra onde ela apanhasse sempre um pouco de sol.

Foi então – me arrepio sempre ao me lembrar daquela noite – que houve uma tempestade. Foi bem na noite em que, um ano antes, minha árvore fora derrubada. O vento soprava forte, trazendo sussurros e risadas. Meu pai, que era um homem supersticioso, proibiu todo mundo de sair de casa, ou mesmo de abrir as portas e janelas. Disse que havia demônios rondando a noite...

Fomos nos deitar cedo. A muda que eu estava para plantar ficou no parapeito da janela, do lado de fora. Quase adormecendo, me lembrei dela, com medo que o vento a derrubasse. Mas o sono não me deixou levantar. E havia ainda a proibição do meu pai...

De manhã, quando fui recolher a muda, o vaso havia sumido. Não estava no chão, nem em lugar nenhum. O vento não poderia tê-la carregado. Se fosse falar com meu pai, ele diria que algum demônio a havia levado.

A tempestade passara. Fazia um dia claro. O sol brilhava. E, bem junto do toco que fora a minha árvore, eu encontrei a muda já plantada, um canteiro em volta feito para protegê-la. Até um pouco de titica de porcos, para servir de adubo, alguém pusera na terra que cobria suas raízes.

Mas quem teria feito isso? Quem?

Eu sabia a resposta. Em algum lugar, naquela floresta, o espírito da minha árvore ainda vivia. Morava agora num corpo que fora um boneco, feito da sua madeira. Era um duende, moleque como todos os duendes e outros seres mágicos que há no mundo...

A partir daí, todos os anos, naquela noite, eu deixava uma muda de árvore para o duende. De manhã, a muda havia desaparecido. E eu sabia que ele a plantara em algum lugar..."

Quando terminou a história, Bóris me disse que aquela seria a noite em que o duende viria visitá-lo. Que, de alguma forma, ele viera acompanhando-o desde a sua terra, e que mesmo ali, na cidade, encontraria um jeito de plantar a muda que fosse deixada para ele.

– Mas precisamos preparar a muda. Quer me ajudar?

Claro que queria. Bóris me trouxe um ramozinho simpático e me mostrou como colocá-lo num pequeno saco de terra, já adubada. Depois, o deixamos num canto do jardim da mansão.

Claro também que, na manhã seguinte, a muda apareceu plantada. Pode ter sido o próprio Bóris quem fez isso... Para mim, tanto faz, se foi Bóris que a plantou ou não. Isso só confirma a história.

Enquanto a casa existiu e Bóris cuidou do jardim, todo ano, naquele dia, deixávamos uma muda para o duende.

Depois, a propriedade foi vendida. Bóris foi embora e nunca mais nos vimos. Sem meu amigo, esqueci o dia do Duende Plantador por muito tempo. Mudei de rua, mudei muito em outras coisas também. Mas me lembro dele, do Bóris. E, mesmo sem querer, no fundo eu acredito que se deixar uma muda de árvore, na data certa, ela aparecerá plantada em algum lugar, querendo virar floresta. E seria Bóris quem viria buscá-la. Porque ele era um ser mágico. Eu sei que, na verdade, Bóris não era só um jardineiro. Esse era seu disfarce. Era ele o próprio Duende Plantador.

Desenhos assombrantes

Naquele dia, foi uma coisa muito doida o que aconteceu...

Gozado que só reparou quem costumava assistir ao programa por causa dos desenhos animados. É verdade que tinha uns garotos maiores que ligavam a tevê pra ver as pernas da apresentadora e das ajudantes dela, todas umas gatinhas. Esses não notaram nada assim tão diferente, naquele dia.

Mas os outros, os que, além das pernas de fora e dos bumbuns empinadinhos, curtiam muito os desenhos – esses, sim, teriam uma história estranha pra contar. Só que não contaram... Tiveram medo de dizer o que tinham visto!

Tava indo tudo normal no programa. Era uma espécie de olimpíada biruta. Pra ganhar, os concorrentes tinham que passar por diversas provas.

Primeiro, entravam numa jaula cheia de macaquinhos pra contar quantos tinha. Claro que os macaquinhos não paravam quietos. Pulavam os contados para junto dos não contados.

Entravam pelo bermudão dos garotos, puxavam o cabelo das meninas...

Depois, ganhava ponto quem fizesse mais lambança comendo brigadeiro. Depois, quem conseguisse atravessar a borda da piscina num pé só, sem ser atirado nela por um palhaço anão armado de um tacape de gigante.

Era a comemoração do aniversário do programa. Passavam o desenho, depois uma prova da gincana. Outro desenho e outra prova, cada uma mais cabeluda do que a anterior. Os candidatos foram sendo eliminados, até sobrar só um, o grande vencedor.

Fizeram muita festa pra ele. Apesar da vitória, não parecia tão entusiasmado assim. Usava uns óculos-fundo-de-garrafa. Vestia bermudas bem largas, seguras por suspensórios, camiseta e tênis. O mais engraçado era o cabelo. Um cabelo cacheado e ruivo, vermelho mesmo, de pegar até fogo.

A apresentadora deu um beijão na bochecha saudável do garoto. Ficou lá a marcona do batom. Aí, tinha um cenário cheio de caixas de brinquedos. Ele podia ficar com tudo o que conseguisse carregar, enquanto a apresentadora contasse até dez.

Então, ela começou a contar: "É um, é dois...".

E o garoto não se mexia...

– Como é que é? – perguntou a apresentadora. - Vou dar outra chance e começar a contagem de novo. É um... é dois...

O garoto, nada. Ficava só olhando pra ela e para as caixas de presente, sem a menor animação.

– Qual é o problema? – perguntou ela. – O programa não pode parar!

– É que aqui não tem o que eu quero!

Muito sem graça, a apresentadora abraçou o garoto, procurando convencê-lo. Afinal, estavam ali os brinquedos mais caros fabricados pelos patrocinadores do programa. Como é que ele dizia que não os queria, ao vivo e em cores, para todo o país?

– Bem... Quem sabe você não viu direito? Esses seus óculos... Aqui tem tudo o que uma criança sonha. *Video game*, prancha de *surf*, bicicleta...

– Pois é! Só entrei na gincana porque assisti você dizendo que ia ter tudo o que a gente pode sonhar de prêmio... Mas não tem o que eu quero, não!

– E o que é que você quer, garoto? – a apresentadora já tinha percebido que estava com um problemão nas mãos.

– Quero uma máquina de ver o futuro!

– Como é que é?

A apresentadora se espantou. Todo mundo em casa também – o garoto estava bem em *close* na tevê:

– Pensa só! Do que que a gente tem medo, de vez em quando? Do futuro... De saber o que vai ser, quando crescer. De o mundo acabar antes de a gente crescer. Tenho tido muito esse medo, ultimamente. Daí, quero uma máquina pra ver se vai valer a pena crescer. Esse é meu sonho...

– Mas nenhum dos nossos patrocinadores fabrica isso!

– Eu não sabia que a gente só podia sonhar o que já tá fabricado!

– Escuta, menino! – a apresentadora já estava quase se descabelando. – De que planeta você veio, hein? Não sabe nem o que dá pra pedir e o que não dá? Pega aí uns brinquedos, e vamos tocar o programa!

– Se não tem o que eu sonhei, não quero nada, não!

Todo mundo de boca aberta, espantado, sem saber o que fazer. Daí, veio o grito salvador lá do fundo: "Roda os comerciais! E depois, desenhos!". E a imagem do espanto da apresentadora e do menino desencantado sumiu do ar...

Quer dizer... sumiu, mas só por uns instantes. Porque o espanto maior estava pra vir. Na hora de entrar o desenho conhecido, apareceu outro que ninguém nunca tinha visto. Aí é que a tal coisa gozada aconteceu. Porque teve gente, no dia seguinte, na escola, que jurava que tinha tudo acontecido como todo dia. Mas teve outros que viram diferente...

Em vez de um dos desenhos conhecidos, teve quem visse a apresentadora voltar ao ar. Só que não era bem ela, não. Era um desenho animado dela. E ela estava com o garoto de cabelos de fogo, que era, agora, desenho animado também.

O garoto saiu correndo pro disco voador que a apresentadora tinha no cenário, que era um elevador de subir e de descer, e só. E mil gentes surgiram de todos os lados tentando segurar o garoto, e ninguém conseguia. Afinal, não tinha sido à toa que ele havia ganho a gincana.

E tudo feito de desenho animado. O garoto embarcava no disco voador da apresentadora, os motores cuspiam fogo e fumaça, destruindo o cenário inteiro. E o disco decolava, abrindo um rombo no prédio onde o programa era gravado.

Daí, o desenho começava a passar como se fosse do lado de fora, subindo, subindo... E deixando lá para trás e para baixo o prédio da tevê, o bairro, a cidade... De repente, até a Terra aparecia pequena, lá no fundo, e todas as estrelas vinham cercar o voo do disco.

Aí, o disco se encontrava com uma nave, em pleno espaço, abria-se uma porta e o garoto de cabelos de fogo passava de uma para a outra – entrava na nave, que era bem maior que o disco.

E a nave ia embora. Deixava o disco à deriva, no espaço, e disparava para nunca mais se ver.

Então, é verdade que teve garoto e garota que não viram nada disso. Uma porção deles só ia dizer depois que a emissora saiu do ar por um tempão, que nem deu pra esperar. Teve também quem disse que deu uma maluquice, de passar programa de outro canal naquele, ou do noticiário da noite entrar no ar anunciando coisas que só iam acontecer mais tarde um pouco.

Teve quem viu coisa mais comum – entrar o desenho do "Cachorrão Aloprado", como sempre, naquele horário. Mas outros viram foi o dos "Faz-Fantasmas", que já tinha passado antes, naquele dia, ou o dos "Skybestas", que geralmente era o último do programa, com explosões de aviões a jato no ar e raios *laser*.

Teve quem desligou, teve quem esperou a apresentadora voltar, pra ver se ela continuava vestindo aquele *short* bem curtinho.

Mas a apresentadora não apareceu mais, naquele dia. Nem ia aparecer, por um tempo. Ficou passando desenho animado direto e depois avisaram que o programa ia entrar de férias até o fim do mês, que iam ficar jogando só desenhos animados no ar, enquanto isso.

A garotada que assistiu à aventura do garoto de cabelos de fogo não dizia nada. Eram os que ficavam quietos na roda, enquanto os outros falavam do programa do dia anterior. E, sem saber quem foi que viu mesmo e quem não viu... Boca fechada!

Era uma história muito maluca pra se contar. Iam ter de começar dizendo:

"Bem... deve ser mais ou menos assim... Tem um garoto extraterrestre metido a gozador por aí que assiste ao programa, que nem a gente, lá da sua nave espacial. Só que a dimensão espacial dele não é de gente – é de desenho animado. Daí, ele resolveu participar da gincana. E então..."

O faz-fantasmas

Aos três anos, Tutu foi notícia em vários jornais e na tevê, aqui e no exterior. Em seu quarto, brinquedos e móveis, e a própria caminha do menino, levantavam voo sem mais nem menos.

Se no mínimo Tutu ficasse apavorado, chorasse e gritasse “mamãe!” nessas horas, vá lá. Mas que nada... Ele batia palmas e ria até não se aguentar. Os adultos é que morriam de medo.

Daí, a onda voadora passou. Mas Tutu pegou outra mania. Adorava máquinas. No que via um automóvel roncando o motor na rua, apontava e dizia: “Carro bonito!”. Então se escutava aquele rangido de lataria entortando. A mãe abraçava o garoto, fugia, para não ser reconhecida. E ficava o dono do carro, sem entender nada, desesperado, com seu capô enrolado que nem pão de ló.

Enfim, até os dez anos, mais ou menos, coisas muito loucas aconteciam quando Tutu estava por perto. Mas foi nessa idade que pararam. De repente, sem explicação. Os pais de

Tutu ficaram um tempo, ainda, de olho no menino, para ver se a esquisitice tinha passado de verdade. Até que se convenceram. Chegaram mesmo a comemorar, como se o filho houvesse nascido outra vez.

Máquinas continuaram fascinando Tutu. Carros, aviões, foguetes, computadores... Ele começou a construir seus próprios aparelhos. Os pais nunca entendiam direito para que serviam as geringonças que ele fabricava. Mas não reclamavam:

– Por mais estranhas que sejam essas coisas, pelo menos são deste mundo! – suspirava a mãe, agradecendo aos céus.

Um belo dia – Tutu devia ter uns treze anos – ele entrou na cozinha. A mãe estava fazendo o jantar. Tutu trazia uma esfera de metal, do tamanho de uma bola de futebol, mas com várias antenazinhas adaptadas a ela. Tudo o que ele fez foi andar de um lado para o outro, com a esfera de metal suspensa numa das mãos. A mãe o acompanhava com os olhos, preocupada, com um pressentimento meio apertado...

Lá pelas tantas, uma das antenas emitiu um apito. Tutu tirou do bolso um controle remoto, que ele mesmo tinha feito, apertou um botão... E aí todas as antenazinhas da tal esfera começaram a apitar juntas.

Satisfeito da vida, ele pressionou outro botão. As antenazinhas se calaram. Todo contente, Tutu anunciou:

– Mamãe! Eu vou ficar rico!

– Que bom, filho! – gemeu ela, com um sorriso para lá de forçado. Faltou coragem de perguntar como Tutu pretendia enriquecer.

Tutu comprava montanhas de livros e revistas técnicas sobre eletrônica, mecânica, física e química. Mas tinha também outra paixão de leitura... histórias de fantasmas. Conhecia tudo sobre assombrações, monstros assim e assados, casas malditas, tumbas e mortos-vivos. Era sua conversa preferida, com todo mundo e em todo lugar. A mãe vivia agoniada, mas fazer o quê?

Tutu era um garoto feliz. Sempre cantarolando, sorridente. Era carinhoso com as pessoas, não deixava que se machucasse nenhum bicho perto dele. Claro que a mãe preferiria que seu mascote não fosse um morcego, chamado Otávio. Mas, fora isso...

Bem ou mal, foi tudo caminhando. Até que uma tarde um senhor de longos bigodes bateu à porta da casa de Tutu. Ele não falava português. Ficou se desentendendo com a mãe do garoto, até conseguir dizer:

– Tutu! Tutu!

Espantada, ela chamou o garoto, que veio correndo receber o bigodudo:

– Pode deixar, mamãe! Ele está aqui por causa do anúncio que eu mandei publicar!

– Anúncio? – gaguejou a mãe.

– Esse aqui... – E Tutu deu uma revista aberta numa página para a mãe ler. – Desculpa, agora. Tô com pressa. Preciso atender esse meu cliente!

Tutu carregou o sujeito de bigode para seu quarto. A mãe já ia protestar quando bateu o olho no anúncio e soltou um grito:

FAÇO FANTASMAS

FANTASMAS POR ENCOMENDA – QUALQUER TIPO – ASSOMBRAÇÕES NA MEDIDA PARA SEU GOSTO E NECESSIDADE.

E por aí ia o anúncio, descrevendo cada efeito especial de arrepiar. A mãe de Tutu caiu desmaiada...

Acordou uma boa hora e meia depois, quando o sujeito de bigode já ia saindo, com uma garrafinha lacrada debaixo do braço.

Estava com o rosto vermelho, de tão contente. Abriu o dicionário de bolso só para lhe dizer:

– Your...filho ser...gênio! Muito gênio!

E lhe deu um abraço, ajudando-a a se levantar.

A mulher não conseguia abrir a boca. Ficou vendo Tutu se despedir do cliente e, muito orgulhoso da vida, lhe entregar um maço de notas verdinhas:

– Ele pagou em dólar, mãe. Dá pra senhora trocar pra mim e abrir uma poupança no meu nome?

Como se fosse um robô com pilha gasta, a mãe pegou o dinheiro e balançou a cabeça afirmativamente... Tutu, sempre cantarolando, voltou para seu quarto.

De repente, ela se tocou e correu atrás dele. Abriu a porta de sopetão, e encontrou o filho mexendo numa das suas maquininhas. Ele se virou, bem-humorado:

– Que foi, mãe?

– O... que é que esse sujeito de bigode veio mesmo comprar?

– Ora... Um fantasma!

– Mas... Você fez um fantasma?

– Foi. Tirei uma cópia! Quer ver?

– Não! – ela berrou, quando Tutu já ia abrindo uma outra garrafinha. – Quer dizer... vindo de você, não precisa nem mostrar. Mas... fantasma existe, tem certeza?

– Ora... Como é que eu ia vender se não existisse? Dei até garantia de cem anos! Só faço produto de qualidade! Preciso cuidar bem da minha carreira!

– Sei... sua carreira! – e não perguntou mais nada.

Desse dia em diante, foi um desfile de gente estranha entrando e saindo daquela casa. Telefonavam, marcavam hora. Tutu não conseguia atender a todo mundo. Contratou sua mãe como secretária, e passou a pagar a ela uma comissão por venda realizada. Ela e o marido conversavam, à noite, na cama:

– Você não acha que a gente devia fazer alguma coisa?

– Acho, querida! Mas não tenho a menor ideia do que poderia ser!

Às vezes a mãe de Tutu encontrava alguma amiga que dava de falar das dificuldades que tinha com seus filhos adolescentes. Eles xingavam, fugiam de casa, tiravam notas baixas, a garota namorava um rapaz "todo errado", o filho andava em más companhias...

– Ai, ai! – suspirava a mãe de Tutu.

– Puxa... essa sua cara! Até parece que você está com inveja de mim. E eu aqui lhe contando cada problema...

– Ai, ai...

Foi então que a mãe começou a notar que Tutu andava meio melancólico. Já não cantarolava mais. Passava a maior

parte do tempo trancado no quarto, não tinha apetite nem conversava direito com ninguém.

– Gozado... – raciocinava ela. – Até parece que ele está apaixonado! Mas quem poderia ser? Não vejo o Tutu com nenhuma garota! Só se...

E, com uma suspeita que a deixou de cabelos em pé, a mãe de Tutu aproveitou uma hora em que ele saiu do quarto, para se esconder lá dentro, atrás da cortina. Esperou até o filho voltar. Tutu entrou, trancou a porta, foi para uma das suas maquininhas loucas, que soltou apitos e faíscas quando ele a ligou...

Então, ela apareceu... Uma garota-fantasma. A mãe de Tutu teve que se segurar toda, para não soltar um grito. Afinal, era uma assombração, bem ali na sua frente. Na verdade, uma garota feita de luz transparente, meio esverdeada. Dançava no ar, em volta de Tutu, que só ficava olhando que nem bobo pra ela.

– Isso é demais! – berrou enfim a mãe, saindo de trás da cortina. – Ainda por cima essa sei-lá-o-quê está quase sem roupa!

Tutu primeiro levou um susto. Depois ficou indignado.

– Que história é essa de invadir meu quarto, mãe?

– Que história é essa você, de... ficar namorando essa coisa!

A garota fantasma ficava só rindo e boiando no ar, como se nada demais estivesse acontecendo. Tutu agora estava corado, superencabulado...

– Pois é... A Guguta...

– Guguta!

– É o nome dela... Só que não fui eu que fiz ela, não! Ela veio uma noite aí de visita. Depois foi ficando, ficando...

– Tutu! Não é possível! Você... já explicou para ela que vocês são... muito diferentes?

– Ela sabe... Mas diz que não se importa e que vai esperar por mim! Quer dizer... até eu... virar fantasma também!

Deu um troço na mãe do Tutu, e ela não pôde mais se controlar. Saiu quebrando tudo que era garrafinha e máquina que tinha no quarto. Tutu ia atrás, tentando segurar, gritando:

– Não faz isso, mãe! Essas encomendas já estão pagas! Vou descontar da sua comissão. E vai misturar tudo! É PERIGOSO!!!

Das garrafinhas, um jato que nem *spray* se projetou no ar. A mãe de Tutu sentiu um frio na barriga. Os fantasmas começaram a se formar. Alguns horrorosos, outros lindos como anjos. Outros com jeito de minhoca ou de polvo, vários esqueletos, mulheres fatais e todo tipo de monstros.

Eles zuniam de um lado para o outro do quarto, soltando atrás de si um rastro gelado. Quem passava àquela hora na rua pôde ver, pela janela do quarto, um festival de uivos e luzes. Os fantasmas, despertados daquela forma tão brusca, estavam furiosos, completamente fora de controle.

– Viu o que você fez? Viu?

A mãe de Tutu estava paralisada. Guguta voou para um canto, perseguida por um fantasma-pirata. Tutu correu para uma gaveta, de onde tirou uma pistola.

– Fantasmas são uma forma de energia! Quando eu faço

um, quer dizer que pego um pouco dessa energia e dou forma visível a ela!

– Deixa as explicações técnicas pra lá! Vamos fugir daqui! Eles vão derrubar a casa!

A mãe de Tutu tentava agarrar o filho, no meio daquele vendaval. O garoto saltou de lado, disparando a pistola. O raio atingiu em cheio o fantasma minhocão, provocando um clarão avermelhado em pleno ar, evaporando a assombração.

– Deu certo! Eu nunca tinha experimentado este meu invento!

– Mas deu certo o quê?

– O meu raio dispersador! Ele faz a energia que dá forma ao fantasma se espalhar de novo! – e acertou um casal de esqueletos que avançavam para espetá-lo com seus dedos afiados.

Um por um, Tutu foi dispersando os seus fantasmas. Até que a pistola começou a engasgar...

– Minha nossa, acabou a bateria! – avisou o garoto.

– E acabaram os fantasmas também, filho. Você nos salvou!

– Não! Pelas minhas contas está faltando....faltando...

– Eu! – o berro rouco, com voz cavernosa de mundos do além fez a mãe de Tutu se virar.

Ela deu de cara com o fantasma de olho furado. O fantasma do pirata, com espada na mão e tudo...

– Não é justo! – gritou Tutu. – Fiz você para uma superprodução de Hollywood! Ia ser famoso no mundo inteiro! Muita ingratidão sua vir me atacar agora!

– Dane-se! Quero arranjar um barco amaldiçoado perdido há séculos no oceano e ser um fantasma de verdade! E vou começar meus horrores acabando com você!

– Pare, Rasputin! – Tutu foi pego de surpresa: era a Guguta, que apareceu do nada, entre ele e o fantasma. – Não precisa fazer essa cena de ciúme!

– Ciúme...? – gaguejou Tutu.

– Isso mesmo... Entenda, Tutu... No fundo, sou uma garota como todas as outras... E o Rasputin aí está me prometendo um romance apaixonado, muitas aventuras. Você... Bem... Você é uma gracinha, mas é só um sujeito de negócios, entende? E é tão humano, ainda...

– Mas... E tudo que a gente... E nós?

Guguta deu o braço para Rasputin, mandou um beijinho na ponta dos dedos para Tutu – a mãe do menino chegou a sentir o beijo passando, bem gelado... morto de tão gelado. E então, o casal de fantasmas desapareceu para sempre.

– Mãe... – lamentou Tutu. – Será que todas as garotas são iguais?

– Bem... – ela conseguiu responder, recuperando o fôlego. – Acho que igual a ela você nunca... quer dizer... A primeira experiência nunca é um exemplo muito bom, sabe?

Tutu fechou a fábrica de fantasmas. Por algum tempo, seus pais tiveram a esperança de que ele se dedicasse a alguma atividade normal. No dia, então, que anunciou que agora ia estudar para ser cirurgião plástico, foi uma grande festa na família. A mãe, animadíssima, perguntava a Tutu o que o tinha feito mudar tanto. Ele sorriu...

Então, numa noite de lua cheia, lá pelas três da madrugada, alguém tocou a campainha da casa. O pai e a mãe desceram, assustados, e foram abrir. Tutu chegou correndo. Bem que tentou passar na frente deles:

– É uma cliente minha! Ela marcou hora, pode deixar!

Tarde demais. Lá estava uma zumbi, de olhos esbugalhados e dedos pontiagudos. Nas mãos, trazia uma revista aberta bem na página do novo anúncio de Tutu:

PLÁSTICA EM MONSTROS

APLICAÇÕES DE ENERGIA ASSOMBROSA QUE VÃO FAZER VOCÊ PARECER MIL ANOS MAIS HORRÍVEL.

SEJA A MAIS MONSTRUOSA DA TURMA!

– Bom... Já está sabendo que eu cobro em dólar, certo? – perguntava Tutu, enquanto seus pais caíam desmaiados.

Impressão e Acabamento: Assahi Gráfica e Editora Ltda.